走向美好

殷永坤　著

心只能在心脏中搏动
如果给它足够的爱的能量
它便能飞跃
飞跃到它所向往的地方

云南出版集团
云南人民出版社

图书在版编目（CIP）数据

走向美好 / 殷永坤著 . -- 昆明 : 云南人民出版社，2016.9

ISBN 978-7-222-15186-4

Ⅰ . ①走… Ⅱ . ①殷… Ⅲ . ①诗集—中国—当代 Ⅳ . ① I227

中国版本图书馆 CIP 数据核字 (2016) 第 208112 号

责任编辑：周　颖
责任校对：黄　柔
封面设计：王睿韬
责任印制：杨　立

书　名	**走向美好**
作　者	殷永坤　著
出　版	云南出版集团　云南人民出版社
发　行	云南人民出版社
社　址	昆明市环城西路 609 号
邮　编	650034
网　址	http://ynpress.yunshow.com
E-mail	ynrms@sina.com
开　本	787mm × 1092mm　1/16
印　张	11.25
字　数	100 千
版　次	2016 年 12 月第 1 版第 1 次印刷
印　刷	昆明卓林包装印刷有限公司
书　号	ISBN 978-7-222-15186-4
定　价	32. 00 元

序　言

从岁月的风花雪月中走来，沐浴了温馨的阳光，经历了风雨的洗礼，饱受了时光的打磨，既得到过爱的滋润，也经历了人间的悲欢离合。

当爱与恨交织、美与丑掺杂、喜与悲轮回的心灵之门被打开，难免情感涌动，思绪飞扬，有很多的话想说、要说。

话要怎么说？向谁说？在当今的“陌生人”社会，这就成了一个问题。若向老婆说，也许老婆会说你怎么像个妇人样唠叨，再说夫妻往往已把对方看透了，半斤八两她心知肚明，你就是再好、再有理的东西，她不怎么会重视；向自己的孩子说？这一代孩子，除非你向他讲香车宝马、时装品牌，他可能感兴趣，否则，也就别耽误了他上网的时间。

经过几番斗争，终于战胜了自己内心的虚荣，下了“丑媳妇也要见公婆”的决心，于是提笔布纸，将自己所经历、所思考、所感受，所想说的话说出来了。

尽管自己说的没有唱得好听，但毕竟是带着美好的心境、美好的愿望，美好的目的而思、而想、而说，因此，也就把这点寄予着美好的所拼凑出来的自认为是诗的只言片语，起名为《走向美好》。

人，最难的是开动脑筋思考问题，怀着热情拥抱生活，带着美好向往明天，用心灵去抚摸人生路上所听到、所看到、所经历的事物，并把这些事物对耳的震撼，对视角的冲击，对心灵的呼唤说出来，与大家分享。这大概也是人生的价值吧！

我，在知天命之年，带着对失去的岁月的惋惜，对明天美好人生的展望，本着夕阳即便快落山了，也要对着天空笑一笑，并留下一丝灿烂的霞光的思想，在幡然醒悟中做了这点滴工作。

本不想拿出来献丑，但自己毕竟写了，无论他有无生命，有多长的生命，还是要给它一个生存的空间。就像一个姑娘，她即便形象长得很丑陋，但她毕竟是有躯肉、有灵魂的生命，还是要给她一个生存空间，并善待她。

人走到了这里。该失去的已失去，该得到的已得到了，失去的固然遗憾，得到的确无比珍贵。在失与得之间，就让这份《走向美好》的心语，陪伴在我的生命中、岁月里，并以此自娱、自乐、自赏、自慰。如果还能给大家带来一点感觉，也就心满意足了，这也算是我的人生一得吧！

作者

2014年12月

目　录

情感的牧歌

至善至美的风景 / 3
最美不过爱妻 / 4
埋藏的情 / 6
生命之泉 / 9
思 念 / 10
心中那颗星 / 12
对爱最好的处理 / 13
殇 / 15
不能再牵的两只手 / 17
情 思 / 19
不离不弃是真情 / 20
致殇情的春姑娘 / 23
感叹婚姻 / 25
父亲的历史 / 28
献给母亲 / 30
父亲的博爱是我一生的营养 / 34
同学三十年聚会 / 36
期 待 / 38
喜爱自己是一生的历程 / 40

飞扬的心绪

眷念故乡 / 47
咏 春 / 48
腊梅赞 / 49
我的家乡 / 50
不朽的老槐树 / 52

圣洁的雪 / 53
屋檐情怀 / 55
魂 / 57
为何不去享受美 / 58
你为什么惧怕春天 / 60
大地之殇 / 61
不该折下那盛开的小花 / 63
今年没有春天 / 65
顺应自然 / 66
人性的光辉 / 68

人生的感悟

人是圣与魔的复合体 / 73
人是混沌的 / 75
人，天生就是残疾 / 76
人生无定律 / 77
人应走向何方 / 78
人生不是没有荆棘的花园 / 80
解读人生 / 81
每个人都是一部书 / 84
人生要轻装上路 / 86
站在痛苦中仰望幸福 / 87
这才是生活 / 88
告诉你一个道理 / 89
做好人生这份试卷 / 91
旋转着的命运 / 92
生活不能没有笑 / 93
只有心才能体愿冷暖 / 95

细小决定成败 / 96
清 醒 / 97
感 慨 / 99
真 理 / 102
做一只留鸟该多好 / 104
别害怕 / 105
别赞赏 / 106
别渴望 / 107
金钱就是上帝 / 108
无 题 / 109

痛苦的微笑

别为我哭泣 / 113
哀 雁 / 117
迷 途 / 118
希望与理想之殇 / 119
真想生活在梦里 / 121
劫难之歌 / 123
无怨无悔 / 124
梦的苦涩 / 126
幻 想 / 127
别为伤痛流泪 / 128
珍爱人生 / 129
心 境 / 131
珍惜生命 / 133
心向往的地方才是天堂 / 134
人类距末日不远 / 135
别做人类的敌人 / 137
人间悲曲 / 138

雾中的阳光

敢问路在何方 / 143
你告诉我 / 145
转身面对 / 148
坦然面对生活 / 150
绝不给命运跪下 / 151
活着就要坚挺地站立着 / 152
画圆人生 / 153
点燃心中的火把 / 154
不离不弃 / 155
用铁拳砸向仇恶 / 156
明天还需改写 / 158
只有等待 / 159
誓言 / 160
使命高于一切 / 162
人人皆可为王者 / 163
希望 / 164
有信心才能走出黑暗 / 166
自今天起 / 167
走向明天 / 168
向前，向前，向前 / 170

情感的牧歌

人生是在酿制情愫，这份情愫可窖藏于大地，让它像一粒种子，生根、开花、结果；也可放歌广袤的草原，伴着风声、雨声、雷声在天际中回荡。

至善至美的风景

一个肃杀的晚秋
我出行远方
在列车停靠的站台上
伫立着我那相扶相随的爹娘
用儿行千里母担忧的眼光
目送我登上即将起动的车辆

一阵寒风吹过
他们依旧岿然不动
恰如远处挺立着的山岗
母亲雪染的额发随风飘扬
父亲布满老茧的手在风中摇晃
他们那送儿行，又盼儿归的脸上
流淌着几分喜悦，几分忧伤
列车已起动奔向前方

我蓦然回首
他们仍扬着手伫立在那
未曾动过的地方
顷刻间，我顿悟了
眼前这一幕
才是人世间至善至美
永恒绝伦的——风景

最美不过爱妻

一

你可以不仰视天空
你可以不仰视太阳
但，不能不仰视妻子

人是最宝贵的
人生是最宝贵的
青春是最宝贵的
心灵是最宝贵的
她，把这一切都给了你
世上，还有什么奉献比这——
更伟大、更崇高
这难道还不足以让我们仰视吗

如果每天都仰视着妻子
那她在你眼中——
永远是一个巨人
如果一生都仰视着妻子
那她在你心中——
就是一生膜拜的女神

二

你可以不欣赏高山大海
你可以不欣赏春花秋月

但，不能不欣赏爱人

她，新婚夜美妙的肌体
她，十月怀胎一朝分娩的喜悦
她，操持家务相夫教子时的笑容
她，依偎在你怀中的安详与宁静
还有岁月刻在她眼角的成熟与自信
世间，还有什么风光比这——
更灿烂、更美丽
这难道还不足以让我们欣赏吗

如果每天都欣赏着爱人
那她在你眼中——
永远是最美的风景
如果一生都欣赏着爱人
那她在你心中——
就是一生都向往的胜地

埋藏的情

一

认识你是那年的春天
在芳草如茵的河畔
你站成一棵树
又像一枝含苞待放的百合
坐在河畔遐想的我
望着你沉思的双眸
禁不住怦然心动
我无力再移走自己的视线
尽管你匆匆离去的脚步已消逝

二

日子如流水般过去
我依然默默地想着你
也曾多次驻足昔日的河畔
希望命运创造出奇迹
你可曾知道
在浓郁的绿荫下——
我等的是你
在潺潺的溪水旁——
我寻的是你
然而，你终究没有来
树荫掩盖的是我一厢的情思
小河流走的是我一弯的叹息

你只不过是个匆匆的过客
不可能有机缘再度和你相遇
只能把这段情思寄托在梦里

三

一个旭日东升的早上
我蓦然回首，惊奇地发现
你并不在遥远的天涯
而是和我生活在同一个城市
在如潮的人流中，我
常和你相向而遇
多想送给你一个灿烂的微笑
可我没有勇气
唯一的依念就是想着你——

相思的人啊
你可曾看到过我灼热的目光
你可曾读懂过我未曾启齿的诗句
你可曾听到过我痛楚的情思

四

又是一个日落黄昏的春季
我独坐昔日的河畔
整理长久以来飘忽的思绪——
认识你几年

偷恋你几载
却不曾说过一句话
注定了只是一对擦肩而过的路人
只能在行色匆匆的暮色里——
相互凝望

这也叫爱吗
尽管如此，这却是我
一生最长最甜的记忆

生命之泉

我没有时间的概念
当你的明眸归来
便是我欢乐的白天
当你的红颜离去
便是我沮丧的黑夜

我没有恒定的体温
当你的清香袭来
我便激烈地沸腾
当你的柔情离开
我便凝结成冰块

我没有自己的激情
当你的灵魂闪现
我就炽热地燃烧
当你的身影离逝
我的生命也就熄灭

归来吧
我心中的——
玫瑰
别这样匆忙离去
我这里也有你依恋的——
春季

思念

无论相隔多么遥远
无论相会的旅途怎样的漫长
坚守就是希望

无数次掀起夜的帷帐
注目着故乡缓缓升起的月亮
思念在一弯痛楚中独自怀想
被相思浸透着的清清时光
在隔岸的仰望中静静流淌
那一笺地久天长的约定
仍在岁月绵延的风雨中悠悠飘荡
曾经留在心底的那些鲜活的过往
让我又一次微笑着湿了眼眶

流年的脚步又一次踩落——
无言的沧桑
远去的背影写满着——
离别的忧伤
在眼角再次氤氲成一朵抹不去的惆怅
忧伤、惆怅终将是过眼烟云
只有那一路洒下的爱的芬芳
永远生生不息——
绽放在岁月的枝头上

相思、相念的人啊
今夜你温馨的梦里
是否还会嗅到那一袭淡淡的酒香
如果今夜的亲吻成了一种奢望
那就让我的思念化作一片云
静静地、悠悠地——
落在你掌间心上

心中那颗星

睡去的夜——
深沉而寂静
唯我无眠
独坐窗前 数着
天际上的繁星
总想从中找到 心中
那颗最亮最美的
把它摘下来
捧在手中
镶嵌在心里
一生呵护

无奈天高路远
这宠幸的幻想
只能做歌谣
只能当童话
只能把它装进
梦中的——
伊甸园

对爱最好的处理

亲爱的
这么多年的捉摸
我终于读懂你未曾启齿的诗句
你是想对我说
你曾经有过的爱是一种过错

其实，只要是爱就不错
即便在旅途上丢落
仍能留下美好的回味
更不能因为是爱我
就说曾经的爱是苦水
其实，爱本身就是最甜的干露

亲爱的
不必责怪曾经的爱
它即便苦涩也是一种美味
无论你抛弃了曾经的爱
还是曾经的爱抛弃了你
这都不是过错
因为爱是气体
会流淌

亲爱的，我只想对你说
珍惜好过去

好好地爱我

这是对爱最好的处理

殇

皱纹
总是如期而至
白发
总是不请自来
不幸
总是挥之不去
而你
至今未出现

皱纹不会让我忧伤
白发不能使我惆怅
不幸也摧垮不了我的意志
而你却撕碎了我的心
我期盼你来
却不一定希望
皱纹消失
白发离去
我宁愿不幸留下
却不愿你悄悄地消逝

在月亮身旁许下的诺言
在事业途上牵手的相助
你是否都已忘记
相识，是那样的美

离别，是这样的痛
许多美丽的渴望
转瞬间成了泡影
只有独坐窗前
向着那褪色的月亮
拨响凄楚的琴弦
把这一切寄托到
凄凄楚楚的——
琴声里

不能再牵的两只手

你曾对我说
春天已无法挽留
玫瑰到了该凋零的时候
再见了
为了心中的那颗坚果
你要到别的季节去寻求
别怪你的无情
也许有一天我们还会牵手

这一天还真的到来
在吹着北风的街头
你笑盈盈地伸出了手
可我的手却停在了半空
恍惚中我清醒了
你的手已不再属于我
我这双手也不再属于你
今天的两双手
虽近在咫尺
可已如地球南北极般的遥远

曾经是相爱而牵手
今天只是相识
而且是相识在花落的季节
我只能把张开的手

捏成拳头
让曾经的爱和痛
从手指间挤走

我记得曾经你的手是火热的
可今天一定是冰凉
我的心本已冷却
真不想再来一股寒流
我也只能说
曾经熟悉而温暖的手
今天你已陌生而冰冷
别怪我的无情
我们就都留着它
去拥抱自己——
该拥有的
那个人
那份情

情 思

忘却的事情很多
却忘不了通向那里的小路
记住的事情很多很多
小路的那端却在记忆的深处

多少个恬静的夜晚
我痴痴地行走在那里
去寻觅寄存着的那份情思
睁开眼看不见
闭上眼却总在眼前

多情的情哟
你别这样折磨我
我已身心疲惫，伤痕累累
真想停下来歇歇
怎奈脚步却更加急促
到了小路的尽头
我恍惚地发现——
春天已走远
只有秋风留下的树枝
还有枝头上挂着的
——红豆果

不离不弃是真情

一

在昏暗的过道里
尽管人头攒动
我还是看到了她
看到了她伤情的眼神
看到了她期待的目光

她像一个失恋的少女
旋转着灰淡的眼球
在孤寂中为情期待
又像一个淘金者
在荒芜中寻找金子
火辣辣的眼睛
仿佛要把地球看穿
此时只有我能注解她
她不是失恋、也无金可淘
她是在为一份牵挂奔走
她是在为一份责任等待
她是在为一份真情守候

二

当我们的目光交织的刹那
尽管她带着微笑
可还是掩饰不了内心的凄楚

也掩盖不住岁月刻在她额角的沧桑
生活的艰辛与重负已让她憔悴了许多

我仿若坠落深渊
辛酸的泪在眼中直转
真想奔过去给她一个拥抱与亲吻
可是我们虽近在咫尺
但已相隔着千山万水
而且还亮着不可逾越的红灯
只能在无奈中相互凝望
通过眼神倾诉衷肠
以微笑互送鼓励与安慰

三

真不想看到这一幕
相见不相识
纵然有万语千言
也只能收于心头
或寄予凛冽的寒风
世间还有什么比这更悲壮
我急忙收回视线试图逃避

然而，脚步却千斤般沉重
身后总有一股暖流直入心田
经意间，我蓦然回首

她依然痴痴地站在那里专注着我
平静中透着雅致
痛楚中笑容依然

四

多么安静执著的女子
超出了人世间颂扬的一切
我也痴痴地望着她
用一颗不掺任何杂质的心
顶礼膜拜着
试图让这一切变成永恒

人世间纵然有美丽的风景
可是，再美再美的风景
也抵不过一颗美丽的心灵
人世间纵然有贵重的黄金
也值不过一段不离不弃的真情

我虽患难
但是，我依然幸福

致殇情的春姑娘

春的姑娘
别把头低
上帝没有力量
让你把头颅扬起
还需要你自己给力

春的姑娘
别把泪滴
花季总要过去
需挽留的是春意
秋来才有收获的果实

春的姑娘
别把心锁闭
拨开迷雾就是天际
展开翅膀放飞自己
寂寞的世界少不了你的慰藉

春的姑娘
给自己点信心
无论世态多么凄凉
都别放弃自己的追寻
意志倒下
生命就不可能屹立

春的姑娘
前面的路弯弯曲曲
撩开你的面纱
别让荆棘绊倒自己
远处的风景正等着你

心爱的春姑娘哟
请听一听落叶的声音——
你已有过绚丽的花季
何须还要为秋风心悸
心爱的春姑娘哟
请听一听大地的声音——
别让儿女情长宠坏心智
生活的舞台难免会遭遇风雨
心爱的春姑娘哟
请听一听我的声音——
万水千山总是情
把你的身影留下来、画进去
这个世界依然壮观而美丽

感叹婚姻

有多少人在追寻爱情的路上
看到过曙光
有多少人在婚姻的漩涡中
没有留下过创伤
又有多少人对家庭寄予着希望
到头来却是天苍苍地茫茫
换来了一生的惆怅

婚姻
是人生最难做的一份答卷
无数人面对它苦思冥想
既彷徨又迷茫
而无从下笔
无数人想打打草稿
结果草稿成了正式的答卷
再无选择的机缘
无数人未认真审题
轻率地落下了笔
结果分从试卷上大节地丢失
无数人在这份试卷上
做了涂，涂了再做
结果还是错

婚姻
是人生最难走的路
在这条路上——
有醉人的七色彩虹
也有让人生畏的崇山峻岭
有迷人的海市蜃楼
也有覆舟的惊涛骇浪
有相随的鲜花和美酒
更多的是相伴的辛酸与泪水
这条路总是那样的悲壮——
有情人会擦肩而过
只能在暮色里相互凝望
无缘人会牵手相伴
夜来却又同床异梦
你得到了人，却得不到心
你得到的心，却又不是你的人
早上扬起情爱的希望
晚上落下的是困惑与绝望
春天播下的幸福种子
秋来收获的却是苦涩的叹息

婚姻
本是寄托情感的天堂
却成了埋葬感情的地狱
本是抚慰心灵的避风港
却成了刀光剑影的战场

它应像春天盛开的玫瑰
发着诱人的芳香
它应像寒冬洒下的阳光
给人温暖和遐想
可为什么这么美丽的故事
却演绎成恨别离伤

父亲的历史

曾记得
父亲的背是直的
直得连大山都向他低头
可如今
他已脊梁佝偻
佝偻得日日向着青山叩首
只能依着拐杖行走

曾记得
父亲的脸丰盈圆润
闪着红颜颜的光泽
可如今
已萧条斑驳
就像被车轮碾压过
留下的是弯弯曲曲的沟壑

曾记得
父亲的手像铁一样结实
凸起的肌肉能把月球握住
可如今
活像一根柴干
枯萎的只剩下筋骨
拿筷就像举重一样地颤抖

父亲是一部辛酸的历史
记录着岁月的风雨
父亲是一首悲壮的史诗
概括的是人生的沧桑与凄凉
父亲已经成为一个时代的影子
必将伴着时代远去
能留下的只是骨灰和记忆

献给母亲

母亲——
你是上帝
给了我生命
给了我智慧
你是导师
教会了我走路
让我有了知识
你是阶梯
是你用你的脊梁
支撑着我上进
你是孺子牛
我身上的衣
正是慈母你手中的线

母亲——
你是一把小伞
总为你的儿女
挡着风，遮着雨
你是爱的大使
永不嫌弃的是你的儿女
你是天使的卫士
睁开眼想着的是儿女
闭上眼梦着的还是你的儿女
你是挂在天空的太阳

无情地燃烧着自己
把光和热献给了大地

母亲——
你是最能忍耐的人
十月怀胎的辛苦
你心甘情愿
一朝分娩撕心裂肺的疼痛
你没有眼泪，只有笑脸

母亲——
你是最擅“谎言”的人
过年时，你总是说
孩子，这块布料给你做件新衣
娘明年再买给自己
可来年你还是这样
孩子，这肉我不会吃
你们多吃点，等娘学会了再吃
可你从不尝一口
哪有学会的那一天

母亲——
你是最执著的人
曾多少个炎热的夏天
你总是背着孩儿干活

从未把我放下过
又是多少个寒冬日
你总是矗立在村头
目送我去远方求学
每天夕阳暮钟时
尽管我不可能回家
可你确还是习惯地来到村口
等着我
这就是我们的母亲

啊！母亲
你才是济世的观音
不需我们祈求
总是默默地保佑着你的儿女

啊！亲爱的母亲
再陈的美酒
也醉不过你的眼神
再甜的甘露
也甜不过你的乳汁
再炽热的阳光
也暖不过你的怀抱
再伟岸的山峰
也高不过你的身影
再宽广的天空

也宽不过你的胸怀
再深的大海
也深不过你的恩情

我爱您——
我的母亲
即使身躯化为灰烬
我——依然爱您

父亲的博爱是我一生的营养

父亲的青春
在烟头上慢慢凋零
父亲的岁月
被一亩三分地点点淹埋
父亲的时光
洒落在一路泥泞的脚印上
父亲的结果——
留在红土地上的那个土堆
一个用了一生寻找的归宿
正是这苍凉而卑微的土堆里
盛装着一颗平凡却不朽的灵魂

父亲用他历经艰辛的生命
演绎了人的真谛——博爱
他！热爱儿女
儿女就是他的生命
趟河时紧紧拽住儿女的那双手为他作证
他！热爱妻子
妻子就是他的生命
相濡以沫的两颗心为他作证
他！热爱父母
父母就是他的生命
病榻前那碗碗热汤为他作证
他！热爱土地

土地就是他的生命
那收仓的粒粒种子为他作证
他！热爱着人生
再艰难的行程都是微笑着
风雨中那份坚守与执著就是证明

父亲用他的心包藏着人世间的美好
他用一生的生命
酿制出的这坛博爱之蜜
是我最最丰富的营养
吮吸着——
一生都将茂盛

同学三十年聚会

窖藏了三十年的情愫
在金秋相会
既然蹉跎岁月拉开了彼此
拥抱的距离
就让相互的深情与注目
开启今日聚会的典礼

收拢一幕幕鲜活的过往
一群未长大的孩子走到一起
舞动着青春的旋律
游荡于知识的海洋
课堂上那顽皮的嬉笑
节日里那华丽的舞步
生活中那些不雅的争论
树荫下不愿惊动草木的思语
还有男女生相视时羞涩的眼神
这些永不消失的电波
总追逐着我们的记忆

走出校园的字里行间
踏着青春时光的游子
洒向了红土高原
把曾经熟悉的公式与符号
演绎成一个个动听的故事

一路风雨，一路脚印
记载下艰辛的跋涉历程
一路欢歌，一路收获
谱写着事业的成就诗篇
在这段激情燃烧的日子里
虽然不能相互牵手同行
但彼此的心却同舟共济
看一看每个人的厚厚行囊
翻一翻每个人的生活日记
我们！无愧于曾经领取的那张
渡着金边的红色毕业证

三十载光阴，三十年追寻
岁月已把我们的青春掠去
昔日的轻狂年少
昔日的似水年华
已在脸面风华，风化成——
道道沟壑、又有几分醉意的红土地
正是这块仅存的红土地
将继续收藏起昔日酿制的情谊
这份珍奇的情谊，必将
吮吸着红土地的乳汁
绽放校园更艳的花絮
给我们的孩子去品尝
让孩子的孩子们去鉴证
尽管我们已匆匆老去

期待

你走来的时候
我没有与你牵手
当你离开的时候
我才明白
你就是我
梦绕魂牵的期待
如果不曾相逢
即便失去
心绪不会这样沉重
如果真的失之交臂
恐怕一生也不能轻松

我曾以为
你是一本天书
我不可能读懂
我也曾以为
花儿不是为我开放
我又何须去当护花郎
可，事实不是这样
相逢时，你嫣然的笑容
离别时，你伤情的回眸
这一切告诉我
你才是我心灵的栖息地
我才是你的情归处

如果有一天
你还会来
我一定握紧你的手
直到生命的尽头

离愁终有尽
相思诉不完
只有期待
期待那一阵春风
把你送来
期待我们
能在风雨中——
相随相伴

喜爱自己是一生的历程

喜爱自己
是人一生的历程

爱自己的生命
因为生命太可贵
有爱相随的生命才精彩
爱自己的人生
因为人生太美丽
有爱相伴的人生就璀璨

爱自己的父母
因为父母对自己有养育之恩
爱是对父母最好的感恩
爱自己的兄弟姐妹
因为兄弟姐妹流着同样的血
爱能使血浓于水
爱自己的伴侣
因为伴侣装点着自己的人生
有爱的相随才有情的延伸
爱自己的儿女
因为儿女是自己生命的一部分
有爱才能使爱生生不息地传承
爱自己的朋友
因为朋友是自己的帮手

爱能使朋友的友情天长地久
爱自己的对手
因为他教会了自己怎样拼搏与奋斗
爱自己身边的每一个人
因为人类是一个家庭的成员
人间有爱才有情

爱自己的影子
因为它始终与自己不离不弃
是自己最忠诚的卫士
爱自己的形象
因为它是自己与生俱来的东西
无论美与丑
都有存在的价值
爱自己的名声
因为名声是自己的品牌

爱自己的身体
因为身体是自己依靠的大树
爱自己的眼
因为它给自己带来了光明
爱自己的耳
因为它让自己感知到世界的声音
爱自己的鼻
因为它让自己呼吸而维系着生命

爱自己的嘴
因为它给了自己呐喊与歌唱的机会
爱自己的双手
因为它是自己创造财富
拥抱希望的依托
爱自己的双脚
因为它支撑着自己——
走天涯，奔前程

爱自己的事业
因为它让自己实现着人生的价值
爱自己的成就
因为它是自己辛苦的报酬
爱自己的失败
因为它是自己成功的基石
爱自己的足迹
因为它是自己谱写的壮美诗篇

爱自己的故乡
因为故乡的水最甜、山最美
爱自己的家园
因为它是自己心灵的港湾
爱自己身边的一草一木
因为它和自己一样有生存的权利
爱自然界中的每一只动物

因为它们和自己一样
都是地球的主人

人的生命也许很长
但自己所拥有的 只有
昨天、今天、明天
一定要爱好这三天
它们都是自己的生命
都是自己灿烂的前程
爱了这三天就是爱了自己的人生

爱是人世间最美的花朵
爱是母亲最甜的乳汁
有爱相随的人生最富有
用爱去爱的人生最快乐
只有懂得爱的人才能得到爱
只有付出了爱的人才能享受爱

飞扬的心绪

心只能在心脏中搏动，如果给它足够的爱的能量，它便能飞跃，飞跃到它所向往的地方。

眷念故乡

远久漂泊的游子
经历了世态的冷凉
才真正知道 故乡
冬天那把火的温暖
跌倒了遍体鳞伤
才真正感到 还是
故乡的山路更平坦
经历了尘世的喧嚣和浮躁
总渴望故乡山村的宁静和朴实

多少次我梦萦般地回到故乡
捧起故乡芳香的泥土
摸着故乡秀丽的河山
吮吸故乡清心的空气
挽住父老乡亲颤栗的手臂
我才恍然顿悟
故乡已成为佩戴在我胸前的徽章
难于舍去
故乡已是刻在我心中的胎记
不可磨灭
故乡才是我魂牵梦萦的地方
故乡才是我心灵的栖息地

咏春

白雪无法挽留
一阵春风过后
孤寂的树枝
喜上眉梢
碧绿的眼睛挂满枝头
固化了的小溪
不再为身边的山丘等候
抖动着身子
向前奔流
依依杨柳垂钓着水中
悠游的白云
引得鱼儿忙左忙右
放青的牧童
笛声悠扬
逗得蝶欢飞、燕起舞

春姑娘哟
真是魅力无穷
一挥手——
大地醒了
万物尽显风流

腊梅赞

权贵富贾欣赏牡丹的富贵
文人墨客吟叹荷花的高洁
而我更赞美腊梅的傲骨与气节

腊梅
不因气候寒冷而改变志向
不因环境孤寂而不吐芳香
不因阳光稀少而失去灿烂

腊梅
我钦佩你的无畏——
选择在酷冬绽放
我吟叹你的浪漫——
叶未出而花自开
我欣赏你的低调——
不与百花争春
我歌唱你的高洁——
一枝独秀、孤芳自赏
我仰慕你的富贵——
紫衣裹体、黄袍加身

腊梅
我更赞美你在风雪中——
不卑不亢、威仪凛然

我的家乡

家乡的泥土
像母亲一样亲切
家乡的山河
像父亲一样慈祥
家乡的风光
如诗如画

春天来了
马樱花、杜鹃花、山茶花
无拘无束、尽兴开放
染得大地通红明亮

夏天来了
香樟、银杏、梧桐
纷纷撑起多姿的树冠
遮天蔽日
绿得大地透不过气来

秋天来了
无边的田野，满眼的稻香
随风起舞，翻起千层浪
醉得大地满脸金黄

冬天来了

雪花飞舞
山是白的、树是白的、房子是白的
大地银装素裹
看不到一丝污浊

啊！我的家乡
四季色彩斑斓
着实一首多情的诗
着实一幅多彩的画

不朽的老槐树

贫瘠的沙漠
干枯的就像烈火烧过

沙漠中的那棵老槐树
仍发着芽、开着花
不管芬芳，还是淡雅
不管艳丽，还是素洁
它从未拒绝过生命的花期
在困境里默默绽放
任烈日炙烤，任飞沙肆虐

生命是伟大的，更伟大的是
能与磨难不懈抗争的生命——
那千年不朽的老槐树

圣洁的雪

雪
晶莹剔透的容颜
不曾见过一丝瑕疵
来去的飘飘洒洒
流淌着梦幻的轻盈
给人无限的遐想和向往

雪
寒冷中蕴藏着热情
把身躯化为甘露献给大地
消亡时竟没有一丝吝惜与哀叹
对生死这般淡定
让人在感动中由衷敬仰

雪啊
大自然中最圣洁的精灵

又是一个大雪纷飞的时节
大地一身洁白
我静静地站在广袤空旷的雪地里
不敢轻易挪动脚步
只怕把梦乡中的雪惊醒
不敢用这尘世的手去触摸
唯恐玷污了它纯净的身躯

也不敢妄自断想
就怕曲解了雪的春意
只有静静地站立着
吮吸雪的灵气
感悟雪的真谛
试图把自己与雪融为一体
让人生同雪一样——
从容而圣洁

屋檐情怀

低着头走出家门
那不是屈服于横在眼前的屋檐
是在深深地沉思——
前面的路该怎样走
离开了老家的屋檐
抬起了头，高昂着
那是有了方向
知道要行向何方

几十年的风雨漂泊
更难忘怀的还是老家的屋檐
时时刻刻缠绕着在路上的这颗心
就像栖息在屋檐下的燕子
总是围绕着它上下翻飞

屋檐给了我低头思索的刹那
正是这一刹那——
承就着人生
屋檐让我学会了低头
正是这一低
才有了抬头的机会

我要归来
哪怕背着破烂的行囊

就算到了天堂，满身黄金甲
我也要归来
仰视心中
永远眷念着的屋檐
还有挂在屋檐上的串串红辣椒
那也是燃烧着的生命火种啊

魂

桥，弓着腰
背着沉重的路
一天一天地老去
我们，幸福地
走在它的背上
却未曾看到过它
流下泪水，或逃离
因为这是它的使命
任劳任怨成了它的高度
不屈不挠成了它的宽度
永不退缩成了它的硬度

桥，永远躬着脊梁
看似卑微
可它却承载着一个时代
引领我们走向彼岸
这不正是国家所需的
固本精神
这正是一个民族崛起的——
魂

为何不去享受美

当我们跨过千山万水
当我们从岁月中匆匆走过

可以从心理深深地感知
人与人的友善
母与子的亲情
夫与妻的甜美

可以在梦中暗暗地向往
地下埋着的宝藏
天上飞翔的鸟队
泥土中舞蹈着的种子
田地间翻腾着的稻香

可以用眼角偷偷地窥视
路边盛开着的野花
屋顶萦绕着的炊烟
山里奔跑着的鹿群
海上追逐着的波涛

世界上任何一种细微
都不是虚设
无不彰显着美的景致
这些景致筑就了天上人间

上苍是这样地优待与慈善
恩赐了这么多美好
可我们为什么还是抱怨
又总是忧虑在生命的黑洞里

何不放下苦与痛去畅游——
这美的世界
何不珍惜人生去享受——
这世界的美
让我们的身体与自然之美
联姻
使我们的灵魂与世界之美
一同高贵

你为什么惧怕春天

春天盛开着千百朵娇艳的花
悠悠的白云在高高的天空挂
真是一幅美妙的画
可你为什么还是蒙着面纱
你是怕春天会扬起风沙
你是怕留不住稍纵即逝的花

哦！我终于想起那个夏
你对我说的那番话——
春天的花开得太火辣
春天的生命张扬得太奢华
春天的路太拥挤、太繁杂
你喜欢这宁静单纯
只有绿色的夏
喜爱枫叶在秋风中
扬扬飘洒
还有冬季那晶莹洁白
一点也不娇艳做作的雪花

大地之殇

风，对大地说
我已用尽十二级的能力
怎么也吹不走你身边的妖孽

雪，对大地说
我曾用我洁白的身躯
可怎么也掩饰不了你身上的污渍

雨，对大地说
我一年四季用心地冲洗你的身灵
可你的灵魂依然腐烂生蛆

月亮，对着大地说
包裹着你的乌云太多
我不能让你的黑夜变得光明

太阳，对着大地说
你的体内已没有了血液
我已无力让你的生命延续

春天，对着大地说
我多想给你一个迷人的花季
可你那里已没有春呼吸的空气

秋天，对着大地说
孕育果实的花季早已凋零
我再也不能为你生儿育女

他们，一齐对着大地说
多灾多难的大地哟
你已病入膏肓、满目疮痍
就是唤来了上帝

上帝和我们一样——
谁也救不了你

不该折下那盛开的小花

真不该折下那盛开的小花
你知道吗
那是在毁灭美的生命
一枝脆弱的纤细花茎
面对坚硬贫瘠的土地
那是经过多少痛苦的挣扎
才盛开的呀

真忍心为个人的私欲去折下那朵小花
你知道吗
那是在毁灭别人的幸福
当你伸出强盗般的巨手时
就没有一点怜悯
你看它那么柔弱和无助
没有玩伴，没有强壮的体魄
孤独地立在那里
静静地微笑着
轻轻地绽放着
在烈日下磨砺
在风雨里担当
在孤独中追求着自己的梦想

真不该折下那朵小花
它也是一具鲜活的生命

对生命给予的应该是尊重和敬畏
连一朵柔顺的小花都容不下
那你怎能容天下

漠视生命，敌视美的你呀
就不该有点自责和忏悔吗
我无言与答
只能默默地祈祷夭折了的小花有来生
明年还能盛开
我将用我的爱守护着，并
虔诚地祈求这自然之花
开遍人间的每个角落
让世界多份美丽
少点龌龊和伤残

今年没有春天

论时节已是春分
可风还是彻骨的寒冷
湖中的结冰没有一点离去的意念
仍安静地酣睡着
岸边的柳枝见不到一丝绿
拖着光光的身子随风摇曳
那一向张扬的报春花
也把花蕾死死地藏在枝干里
就怕一露头就会被寒风摘去

骤然间大雪纷飞
天地死一般寂静
连太阳也缩着头不敢露脸
从冬天走来正等着卸装的牧民
再次把头埋到厚厚的衣口里
只敢放出半只眼向外窥探——
这满山的风，这满天的雪
窥测这天怒人怨的世道

时下应该是花飞的季节
可怎么还像严冬一样的凄怆
未曾听到牧童放青时欢悦而自由的笛声
哦!原来今年没有春天

顺应自然

春消融了冬的雪
却唤醒了万物的沉睡
夏凋零了春的花
却延伸了青春的生命
秋吹走了夏的叶
却圆了春和夏的梦
冬脱落了秋的果
却把春夏秋的生命收藏
——待到来年绽放

探寻人生的足迹
告别了儿时的童趣
却迎来了青春的韶华
失去了青春的绚丽
却走来了中年的成功与辉煌
送走了中年的蹉跎岁月
却接来了璀璨的夕阳
当那一轮夕阳落下
朝阳又冉冉升起

季节不因春去冬来而悲悯
因为每个季节都有生命的价值
人不要青春流逝暮年踏至而哀叹
因为人每向前一步都升华着生命

得与失、生与死
都是自然规律
人与自然同在
必与自然同行
顺应自然是生命最好的归结

人性的光辉

没有一种爱是必须和应该
父母含辛茹苦的养育
老师油灯下的谆谆教诲
朋友无私的慷慨帮助
沐浴在爱河中的我们
就不曾留下过感激的眼泪吗

没有一种给予是理所当然
阳光哺育着万物
我们可曾想过太阳正经历着火海
水滋润着大地
我们可曾知道水的渴意
奶牛制造着乳汁
我们可曾想过它吃的是什么
而我们对这些又是否心存过感动

没有一种领受可以无动于衷
一朵花会因一滴雨露艳丽
一株草会因一缕清风舞蹈
一湖水会因一片落叶荡漾
一颗心怎能对另一颗关爱的心不生感恩

我们真该感激——
生命中遇到过的许多人

我们真该感动——
生命中遇到过的许多事
我们真该感恩——
这个世界给了我们生命

让我们嗅着人性的芳香
把感恩化作一湖清泉
去滋润给予我们爱的人和物
在得到中体会人间的温暖
在施予中享受人生的快乐

人生的感悟

人生总是扣动着人的心弦，并响彻在每一个灵魂深处，回荡于每一个生活角落。

人是圣与魔的复合体

当远古的人类
前肢离开大地——
开始直立行走
并昂首仰望星空、手指远方
人类就不单单只是
专注于眼前食物的猴子
他已有别于四肢行走的动物

但，人类无论怎样的进化
却摆脱不了其自然的属性
人既然是由动物演化而来
具有兽性是人的天性
人之初性本恶就是必然

人是圣与魔的复合体
在一个躯壳里装着——
真与假，善与恶，美与丑
利他与自私杂混纠缠
绵延至老死
在人类中找不着只善不恶的人
也寻不到只恶不善的人

当那一束阳光照耀着人时
人，便是一个活鲜鲜的圣体

——圣

当那一束阳光过后

人，便是一个黑乎乎的影子

——魔

人是混沌的

人是一个不可知的
游荡在天地间的幽灵
既没有灵魂居住的家园
也没有肉体来去的归宿
一切都是混沌而模糊

人，一生下来就被困于——
玻璃瓶中
四周虽然透明
眼前似乎前途无限
可每走一步都会碰壁
怎么也找不到，那个
向上的出口

人之不幸莫过于混沌
自我处于生死而不知

人，天生就是残疾

完整的人具有两面性
首先是一个人
再则是一个什么样的人
然而，上帝造人时
只做了一半的工作——
出炉了人
这时就急急忙忙地，把人
置于黑暗的荒野
让其上路了
而这个人是个什么样的人
却留给了人自己去完成
因此，人生来并不是一个完整的人

刚上了路的人
站在的是十字路口
怀揣着沉甸甸的心
面对苍苍青天，茫茫大地
一个一无所知的陌生世界
头顶雷电闪鸣
脚下高山、大海
不知走向何方
哪里才是人的入口和归宿
因此，人一上路就是迷茫的

人生无定律

梦过牛郎，梦过织女
却梦不到自己的伊甸园
等过昨天，等过今天
却等不到属于自己的问候
笑过春花，笑过秋月
却笑不出自己的欢喜
望过太阳，望过星空
却望不到期待的明天
找过江河，找过大海
却找不到那条甘甜的小溪
走过荒芜，走过沼泽
却走不出眼前的寒秋

花开花落有季节
潮涨潮落有时空
唯有人生没有定律
走什么样的路
刮什么样的风
下多大的雨
都找不到现成的答案
也无公式来计算
无心需求的又像决堤的洪流
——无可阻挡
有心期盼的却像九天揽月
——遥远而艰难

人应走向何方

物欲与贪婪
把人引向苦难的深渊
人，已迷失在名利的路上
肉体和精神都没了家园
幸福和快乐与人已渐行渐远
人已走到了阳光的尽头
步入漫漫黑夜
不知将走向何方

人是自己的主人
人是自己的建筑师
解铃还须系铃人
拯救人的还是人本身
只有给自己来一场革命
在取舍间选择——
脱去包裹着人的虚幻外衣
从名利中解脱出来
还原本真的、有自然属性的那个人
解开禁锢着人体的镣铐
让人能真正直立起来行走
获取人应有的自由与尊严
卸下羁绊着心灵的枷锁
洗涤附着在灵魂上的污渍
抛弃心中的妄想和杂念

放下一切忧愤与悲伤
找回本真的宁静和愉悦
放弃一切邪恶与贪婪
从苦难中解脱出来
尊重宇宙间的一切生灵
回到人类的家园——大自然中

先祖圣贤已给人绘制了行径——
诸恶莫做、众善奉行、自净其身
抱朴守真、轻利寡欲、上善若水
礼、仁、诚、孝、勤、俭、和
我们何不践行
实现人最终的、圣洁的
回归——
天人合一、万物合一

人生不是没有荆棘的花园

总以为人世间都是幸福
追求着、品味着才发现
世间并无剥去了苦涩的幸福

总以为人世间都是欢乐
追逐着、品尝着才发现
世间并无脱去了痛苦的欢乐

总以为人世间都是美好
追寻着、品鉴着才发现
世间哪有剔除了丑陋的美好

生活终于告诉我
采摘玫瑰时
别忘了戴上手套
因为它的枝干布满着锐刺

人间真不是没有荆棘的花园
就像坦途上也存在着陷阱

解读人生

人生是一粒种子
总会生根发芽
春来花开，秋到结果

人生是一支七色彩笔
画着理想，画着希望
画出碧血丹青

人生是一次跋涉
走过千山万水
走到日落边陲

人生是一轮太阳
执着地燃烧着自己
把光和热给了大地

人生是一轮月亮
难以自发光芒
总是依附着太阳闪亮

人生是一杯清茶
把苦涩留给自己
散发的都是清香

人生是一杯咖啡
吃着苦口
回味甜美

人生是一坛老酒
越放越醇
越陈越香

人生是一把琴
弹出了天上人间
唱出了悲欢离合

人生是一场戏
无论怎样的精彩
总要退场谢幕

人生是一座海市蜃楼
看上去美不胜收
实则却是虚构

人生是一阵风
来也匆匆，去也匆匆
难于寻到自己的足迹

人生是一场梦
过程酸甜苦辣
醒来万事皆空

每个人都是一部书

每个人都是一部书
一部童话书，这部书
写着呀呀学语时的无忧与天真
写着月色下对明天的憧憬
写着春天里对未来的期盼
写着自己一生缤纷的梦幻

每个人都是一部书
一部图画书，这部书
画着蝶飞燕舞的青春
画着功成名就时岁月奖赏的笑脸
画着夕阳般灿烂的年轮
画着人生历程的一路风景

每个人都是一部书
一部创业书，这部书
记录着淘金路上风餐露宿的艰辛
记录着跌倒时的伤痛与挣扎
记录着收获时挂在嘴边的喜悦
记录着人生的成与败

每个人都是一部书
一部历史书，这部书
铭记着自己品尝过的酸甜苦辣

铭记着自己的光鲜与灰暗
铭记着自己的荣辱与毁誉
铭记着一生的功过是非

每个人都是一部书
一本绝无仅有的孤本珍藉
必须用心研墨
用生命的全部去撰写
上帝阅读着尘世的每个人
只有把自己写精彩了
才能得到他圣洁的眷顾

人生要轻装上路

不必向上苍祈求
给你一座金山依傍
尘世中
我们所需要的不过是——
出门时
有一个微笑馈赠
进门时
有一个肩头依靠
跌倒时
有一只手来搀扶
收获时
有一群人来分享

人生需要轻装上路
简单才是真实的生活

站在痛苦中仰望幸福

幸福被一层坚硬的痛包裹着
痛就是走向幸福必须的征程
在这段征程里
要经骄阳烈日煎熬
与摧枝折叶的狂风搏斗
需在风霜雪压的严寒中挣扎
还有一路的荆棘和陷阱要面对

到达幸福的彼岸就是一程痛苦跋涉
在这痛苦的跋涉中
也许失去了青春
也许经历了挫折
也许受到过诋毁
但终归能穿越痛苦的封锁

凤凰涅槃历经阵痛而新生
人生总是站在痛苦中仰望幸福

这才是生活

生活像天空——
时而乌云密布
时而阳光挥洒
生活如气候——
时而电闪雷鸣
时而彩虹飞驾
生活就像海洋——
时而风平浪静
时而浊浪裂岸
生活就如梦幻——
时而海市蜃楼
时而妖魔肆虐

生活并不都是欢乐
凡是欢乐都有过伤痛
生活并不都是幸福
一切幸福都流过泪水
生活并不都是坦途
总有坑洼泥泞的那段路

跌宕起伏才是生活

告诉你一个道理

人生绝不是一张白纸
全由自己来书写与着色
出生的时候很多都已注定
你生在城市
上面已画上了霓虹灯与高楼
你生在农村
上面已填着耕牛与茅屋
你生于权贵
上面已铺满了金条和高贵
你生于贫民
上面烙下的只是稻草和低贱

在特权社会里
人的命运是绝对的不公平
只有年龄是在同一起跑线上
其他注定了都是差距
这就是社会的现实
你叫天，天不应
你叫地，地不灵
即改变不了自己
也改变不了社会
只有认命
好在，无论是谁
都会生老病死

这算是上苍恩赐人类的——
唯一一点平等

做好人生这份试卷

人生没有草稿
每做一件事
都是正式的答卷
我们
无论身居何处
无论行走在哪里
都是在做人生的这份试卷

因此，遇到任何事情
必须严肃认真地审题
千万别轻易落笔
任何轻率与鲁莽
还有过错
都会让分从人生的试卷上
——丢失

旋转着的命运

命运就像水车的轮子
起起伏伏地旋转着
刚才还高高在上
瞬时却屈居人下

任何人都不要为今天的得意欢喜
也不要为今天的失意悲泣
今天走在阳光道上
明天横在前面的可能是独木桥
今天踏着红地毯
也许明天等着的就是沼泽
今天被鲜花和掌声簇拥着
明天也许是孤寂和泪水相伴

世事变幻，瞬息之间
福与祸只是一纸之隔
天堂与地狱只有一步之遥

生活不能没有笑

没有阳光的世界是暗淡的
没有笑声的人生是悲凉的
生活不能没有笑
我问过天，也问过地
什么最好
——笑比哭好

笑是春天里绽放的玫瑰
娇艳而醉人
笑是寒冬中升起的太阳
神圣而温暖
笑是一剂治疗绝症的良药
让穷途末路的生命有了希望

人生总有挫折
用笑面对挫折
挫折也会弯腰
人生总有烦恼
用笑迎接烦恼
烦恼会抛置九霄

笑能洗涤恩怨
笑能驱走阴影
笑能抚平伤痛

笑可以融化坚冰
笑可以战胜厄运
笑可以支配人生

用笑装点人生
人生是闪闪发光
用笑拥抱生活
生活就无限美好
笑 笑 笑
这是我们面对生活
最好的法宝

只有心才能体愿冷暖

冷暖不是肌肤的感受
而是心的体愿
漫步在人生的路上
我们的心总在触摸着这个世界
只有心才能体愿这个世界的冷暖

当心冷的时候
即便炎热的夏天也是寒冷的
如果心是热的
即便寒冬也是温暖

要知这个世界的温暖
必须驱走心中的严寒
要让人间温暖
必须先温暖我们的心灵
只要心向着太阳
处处都是阳光

细小决定成败

一粒砂子比起山峰是何等的渺小
面对汹涌的大海小溪黯然褪色
在荆棘面前稻草是卑微而苍白

然而
阻挡前进的不是巍峨的山峰
而是鞋里的一颗砂子
跨不过去的不是汹涌的大海
而是眼前的小溪、
绊倒自己的不是荆棘
而是脚下的一根稻草

千里江堤溃于蚁穴
细节决定着成败
在显微镜下能看到的
才是事物的本质
千万别忽视看不到的东西

清醒

你问我要到哪里去
我告诉你
不知道
当下没有一块是净土
除了污渍就是地狱

但我也可以告诉你
百年后
不去那冷漠的幽谷
不去那凄凉的山崖
也不进燃烧的火炉
不覆盖鲜花
不鸣奏乐曲
悄悄地来
静静地去

或静卧马樱花下
看山花烂漫
吸大地芳香
或埋于大漠深处
远离尘世
与孤烟做伴

最好投入长江

随落花一同漂流
眠息于没有腐臭的大海
看风起云涌
观潮涨潮落

感慨

一

真理也有苍白的时候

北方雪花纷飞
南国艳阳高照
一样的地
怎么就不一样的天

朱门狗肉臭
路有冻死骨
一样的人
怎么就不一样的命

几家高楼和美酒
几家流落在街头
一样的国
怎么就不一样的家

二

本真难于找回

都渴望着美好
但都无法摒弃邪恶
都追求着公平

但又人人心怀自私
都富有正义
但却个个麻木不仁
都鄙视铜臭
但又摆脱不了贪欲
都讲良知
但又不易被感动
都说女人是祸水
却谁也舍不去
都说高处不胜寒
却有无数人执着地攀登

三

总是这样的无奈与伤感

有愤怒，不能呐喊
因为声音不都是由自己来开关
有哀伤，不能哭泣
因为眼泪不是为自己准备的
有热爱，不能表达
因为心灵总上着一把枷锁
有喜欢，不能追求
因为通向幸福的路总是坎坷
有信仰，不能寄托
因为信仰是条歧途

有种子，不能开花

因为找不到季节和土壤

真理

你与禽兽搏斗
赢了——
你比禽兽还禽兽
输了——
你连禽兽都不如
平了——
你与禽兽差不多

你与小人共事
敬他——
你是非不分
亲他——
你与小人为伍
用他——
你心中只有小人
让他——
你没骨气

对禽兽与小人
你笑他——
他高兴
你避他——
他没办法
偶尔你给他一块骨头

他会说——
你是他的活菩萨

对待复杂问题
就这样简单化

做一只留鸟该多好

我是一只候鸟
从未编织过自己的小巢
脚下总是汹涌的波涛
真想停下来歇歇
可又不能抛锚
追赶季节成了我唯一的目标

为了生活
就这样永无休止地奔波
我啊！要是一只留鸟
该是多好

别害怕

别害怕黑夜——
黑夜能让你忘却烦恼
是它给了你美的梦乡

别害怕严寒——
严寒中也有腊梅在开放
只有它能铸就你铁样的脊梁

别害怕豺狼
豺狼更畏惧你的猎枪
其实它也有哺乳狼孩的善良

别害怕挫折——
挫折会使你更加坚强
没有它哪有壮士断腕的辉煌

别害怕死亡
死亡是脱离苦海的良方
是黑暗送给你的曙光

别害怕地狱
地狱里也有炽热的阳光
也许那里才是适合你生长的地方

别赞赏

别赞赏秋天的枫叶
那是死神留给它最后的余晖

别赞赏绚丽的夕阳
那是太阳消亡时发出的悲伤

别赞赏达官们举杯时的豪放
那是刀光剑影的战场

别赞赏贵族华丽的殿堂
那里装着的是腐朽与肮脏

别赞赏万里长城的辉煌
那是多少白骨堆筑的凄凉

别赞赏八宝山无限的风光
那里永远只有哀乐在歌唱

别渴望

别渴望走进婚姻的殿堂——
那是人生通向苦难的起航
别渴望家中儿孙满堂——
这种虚名换来的只是儿多母苦
别渴望一朝金榜题名——
那是十年寒窗的寂寞与辛酸
别渴望明天龙袍加身——
高处不胜寒这是世人皆知的道理
别渴望夜夜灯红酒绿——
人的身体哪受得了这样的折磨
别渴望日日财进万斗——
财大也会伤主何必那样辛苦
别渴望天上掉下馅饼——
要相信世上从来没有救世主
别渴望岁月激情燃烧——
它会让你化为灰烬
别渴望除夕爆竹声声——
它送给你的只会是更多的皱纹
别渴望生命万寿无疆——
生老病死这是改变不了的规律
别渴望最终进入天堂——
那里也只不过是安放死人的地方

金钱就是上帝

在物欲横行的世界
金钱就是上帝
当金钱说话
就是真理也会缄默
当金钱招手
即便前面是深渊
也难让人回头
《圣经》可以找回人的灵魂
却拉不回对金钱的欲望
母亲可以唤醒儿的良知
却不能使他松开抓着金钱的手

政治的老板是谁
——是金钱
奸商的父母是谁
——是金钱
让良家女沦为娼妓的是谁
——是金钱
金钱已让世界昏迷
金钱主宰着人类社会
总有一天
金钱可以驾驭自然——
下雨不用龙王开口
只要在大地上布下金钱

无题

一

余霞展现
夜幕将垂
熬尽长夜
便是黎明
太阳总要升起

历经了不幸
饱受了痛苦
苦尽甘必来
磨难不是哪个人的专利

二

落尽寒梅
严冬将尽
新春踏至
便无须蛰伏
一切都会改变

输了起点
还有拐点
也许拐个弯
便是期待的圣地

三

风花雪月
各擅其场
游离其间
几许欢喜
几许忧愁

将沉浮看清
将得失看透
将红尘看破
桃花依然
春水依旧

痛苦的微笑

生活再苦，苦中也有乐，自然也就有了笑声！人生再痛，也不能让痛再痛，应当笑对人生！

别为我哭泣

一

我的孩子
别为我哭泣
你应该知道——
人生路上有芬芳的花朵
也有带刺的荆棘
有温柔的春风
也有阴冷的冰霜
坎坷与欢乐是人生的伴侣
是人生命的全部注释
人是哭着来到这个世界的
注定了人的一生将是风雨人生
面对人生的失意
只有坚定、坦然、与自信

寒冬统霸不了四季
只要春天在
就一定有万物复苏的机缘
只要夏天在
就一定有生命的绿洲泛起
只要秋天在
就一定能结出硕果飘香

二

我的妻子
别为我哭泣
你应该为我脱离苦海而欢喜
那里刀光剑影
那里阿谀恶诈
那里没有理性，只有疯狂
那里没有正义，只有邪恶
那里只有贪婪，没有公平
那里只有黑暗，没有阳光
那里一切的一切都已扭曲变异
——一个妖魔的世界

今天的我
失去了一把座椅
却得到了别样的天地
没有昔日的光环
却有了方向
丢了灯红酒绿
却找回了自己和自己的灵魂
虽留下了一丝残枝败叶
但新的春天它会绽放出别样的花朵
这不是一种圣洁的回归吗

三

我的母亲
别为我哭泣
要相信我的意志
你给了我一身傲骨
就别怕我受不了压迫
它能吞噬我的躯肉
但不能吃下我的灵魂
它能剥夺我的自由
却不能禁锢我奋飞的思想
挫折只会铸就我铁样的脊梁
我在用鄙视看着那个世界
我在用信念拥抱着明天的生活
相信我吧
我不会倒下，只会站得更稳
我不会低头，只会仰得更直
我不会退却，只会勇往直前

四

我亲爱的孩子，妻子，母亲
你们都别为我哭泣
要欣慰命运给了我丰富的人生
要感谢上苍多给了我一双甄别——
美与丑、善与恶的眼睛
要欣慰挫折让我懂得了生命的真谛

要感谢磨难给了我坚强的翅膀
你们真的都别为我哭泣
我已丢掉了本不该有的虚幻与梦想
我已得到了本该有的真实与安乐
还有至善至美的亲情

你们看——
黑夜的尽头一轮旭日已冉冉升起
我们将一同沐浴着温暖的阳光
这不是该笑吗

哀雁

我是一只受伤的大雁
扇动着流血的翅膀
孤独地飞在天上
只为寻找没有寒冬的南方
只为寻找能够疗伤的避风港

扬着尘沙的天空
又飞来了雪花
我看不到同伴
也辨不清方向
流血的翅膀
没有了力量
抗击不了风沙和雪花
在伤痛中挣扎

望天，天苍苍
望地，地茫茫
偌大的苍穹
不知，哪是我的家
哪是我避寒疗伤的地方
只有哀鸣着
随尘沙和雪花——
浪迹天涯

迷途

曾几何时
在追逐黎明的路上
走过多少崇山峻岭
踏过多少急流险滩
挥洒了多少青春热血
投入了无限的执著与豪情

当我带着信仰
踏进那个世界
空气少得让人窒息
灰尘多得使人睁不开眼睛
阳光少得让你伸手不见五指
黑夜长得使你看不到边际
一切都是这样的混沌和模糊

原来自己误入了一个黑洞——
连光线都难逃逸吞噬的黑洞
走进了一个——
用氰化物编织的陷阱
等待的只有死亡

希望与理想之殇

有多少希望
就有多少绝望
在追寻成就的路上
有多少人拿到过金奖
有多少理想
就有多少迷茫
在追逐黎明的路上
有多少人看到过曙光

为了拥抱希望
洒下了青春热血
面对过无数冷漠的眼光
尝尽了世态的炎凉
为了实现理想
走过崇山峻岭
遭遇了无数血雨与风霜
留下的是遍体的创伤

我把理想当希望
我把希望当理想
早上升起希望
晚上落下的却是惆怅
如歌的生活只是幻想
春天播下理想

秋来收获的却是彷徨

如梦的人生就是这样地悲壮

真想生活在梦里

长长的叹息
总在醒来时
我期望长眠
更不想梦醒
美丽的梦像彩虹
七彩斑斓
给人醉意

在梦里——
可像小鸟一样欢快
如鱼儿般地自由
在梦里——
可以摘下星星做个绣球
也可穿上龙袍当回皇帝

真想生活在梦里
一切恩怨都能卸下
一切痛楚都可以抹去
真想生活在梦里
凡是希望都能演绎成现实
凡是故事都可以重新开始

就让我生活在梦里
憧憬着心中的美好

驾上诺亚方舟——航行

远离尘嚣的世俗

做一个自由和快乐的自己

劫难之歌

请不要责怪我
这只是与你暂时的分离
其实我并没有走远
仍在你身边
聆听着你澎湃的呼吸
即便有一天真的走远了
我与你还是一同赏着月亮
一同沐浴着阳光
因为月亮太阳不可能消亡

别沮丧我的过去
不迷茫我的未来
尽管海浪冲走了沙滩上的脚印
但我还收储着跋涉时的每个记忆
既然已被埋在严寒的深处
就让我体愿一次冬眠的滋味

待到山花烂漫
待到远方的飞燕归来
我会握住记忆从冬眠中苏醒
只要舞台还在
我还会站在舞台中间
只要宇宙不灭
我仍能飞上天——
与太阳肩并肩

无怨无悔

我微笑着走向生活
无论生活以什么方式回敬我
——给予我欢乐
——给予我辛酸
——给予我阳光
——给予我晦暗
我都不在乎

或许，灿烂的青春
终归被岁月的风霜抹去

或许，纯洁的爱情
终归被背叛玷污

或许，崇高的梦想
终归被残酷的现实泯灭

或许，执着的攀援
终归达不到顶峰

或许，向前的奔流
终归掀不起壮阔的波澜

或许，一路的脚印

终归被风雨洗尽

这些
一切都无所谓

世界上没有完美
更无须追求完美的结果
只要有精彩的过程
我也就——
无怨无悔

梦的苦涩

总以为只要奋发
一定能登上期望的极致
没想到途中也会从岩崖上跌落
总以为站在人生的踏板上
一定能腾飞进未来的梦幻天堂
没想到竟被弹回昨天的地平线
总以为自己呵出的气
一定能化作晴天的彩虹
没想到却在眼角凝结成雨滴

混沌中恍然悟醒
梦想敌不过现实
正义也会被邪恶扼杀
心里怀着的梦带着的是苦涩
且被一层糖衣包裹
人生往往被华丽的梦诱惑
到头来又被梦欺骗
只有跋涉中留下的那串脚印
诠释的才是人生的现实

幻想

我有一个愿望——
踏遍千山万水
在黑夜里
寻找太阳升起的地方

走了很久很久——
一年一年又一年
足迹遍布天涯海角

登上泰山之巅
驻足仰望——
乌云密布，黑夜漫漫

来到东海之边
静心聆听——
波涛汹涌，雷声震荡

原来
这是一个美丽的幻想
黑夜里本无太阳
哪有太阳升起的地方

别为伤痛流泪

我们是哭着来到这个世界
注定了一生将是苦难人生
坎坷与欢乐是人生的伴侣
得到与失去是生命的全部注释
不能相信生活总是悠扬的牧歌
别以为人生只有阳光没有风雨
要时刻为挫折做着准备
任何逃避都是自我毁灭

我们来到这个世界
既然都不想活着回去
还有什么可畏惧
面对人生的不幸与失意
只有把自己的头颅高高扬起
让脊梁挺得更直

受了伤，不悲伤
更别为伤痛流泪
只要用坚强拥抱明天
战胜自己
一切苦难都会变成灿烂的花季

珍爱人生

逆境时
别为人生叹息
伤痛时
别为人生绝望

人生是春天的花
——绚丽多彩
人生是秋天的果
——丰盈硕大
人生是大海的浪
——激昂澎湃
别小看人生的力量
他像珠峰一样伟岸
别埋怨人生的暗淡
他像恒星一样闪光
别忽视人生的价值
他像玉玺一样无价
人生是美丽的
无论白天还是黑夜
他一样灿烂
无论高贵还是贫贱
他一样宝贵
我们看待人生
要面向太阳

把黑影留在后面
眼前将是一片光明
我们品尝人生
要向吃一串酸甜不均的葡萄
先从酸的吃
那你越吃越甜

我们要欣赏人生
就像欣赏情窦初开的恋人
我们要赞美人生
就像牧师读赞美的诗篇
我们要拽住人生
就像母亲拽住即将离去的孩子
我们要珍惜人生
就像珍惜失明又复明后的眼睛
因为人生太美好
因为人生太可贵

心　境

被一种爱所抛弃并不可悲
可悲的是从此对春华秋实视而不见
我虽经历着人生最坎坷的路途
但我没有冷落身边的小草
没有无视过眼前的飞燕
依然坐在榕树下
观礼着月亮的亏盈
欣赏着自然的唯美

被一种苦水浸泡过并不可怕
可怕的是失去对甘甜的向往
我虽经历着心灵最苦的日子
但我眼里的一切没有褪色
世间依然光明
人性依然高贵
亲情依然温暖
爱，仍然是人世间最明快的旋律

岁月无法伸出一只手替你抓住过往的云
要拾起失落了的梦只能靠自己
不论命运怎样地刻薄，我
永远不会丧失——
属于我的那份明洁的心境
否则，那不是在人生的旅途上

付出了跌倒的代价

却忘了领略路上的风景吗

珍惜生命

站在高高的泰山之上
回首把生命遥望
虽历经了磨难与沧桑
可她还是像腊梅一样
在严寒中屹然开放
真不该漠视生命的力量
她是大海澎湃着的浪
生生不息无可阻挡

我曾对我说
别为生命忧伤
挫折折断不了生命的翅膀
只会让生命更坚强

我一直对我说
别为生命彷徨
拽住鲜活的生命
明天才有展翅的希望
无论我们的处境怎样
珍惜生命一定要放在心上

心向往的地方才是天堂

能留住人的不是房屋
而是故乡的情结
还有屋顶那萦绕着的炊烟

能把人带走的不是路
而是天边那弯彩虹
还有远方挂在枝头的红豆

能让人激奋的不是海
而是海中汹涌的波涛
还有从海平面冉冉升起的太阳

天地间纵然有鲜花和美酒
只有心向往的地方才是天堂

人类距末日不远

战争、暴力、瘟疫
环境污染，生态恶化
这是谁之过——
是人类
争斗与仇杀，邪恶与淫乱
正义泯灭，道德沦丧
这是谁造成的——
是人类
人类的一切灾难
都来自于人本身
人生苦难的恶果
是人自己播下的种子

灾难和苦难
是人类不能承受的
也是人不愿拥有的
人类给自己制造了无尽的麻烦
把自己置于水深火热之中
再也找不到——
自由与安宁，幸福与快乐

2012年世界末日的预言
虽在侥幸中破灭
但，人类通向毁灭的闸门

从此已开启
那一天似乎已在人类的前面招手

能毁灭人类的是人类
能拯救人类的也是人类
种瓜得瓜，种豆得豆
种下的是恶
生出的就是恶果

人类该清醒了
放下屠刀，立地成佛
一同面对人类的危机
拯救我们自己

别做人类的敌人

仰望苍穹
我们居住的家园
在浩瀚的天际里
孤零零地飘荡着
幸好有几只奔跑着的动物
有几片泛绿的树林
陪伴着
如果我们把它们——也
消灭了
那人类将是何等的
凄凉与孤独

人啊
别做人类的敌人
应是生生息息的朋友

人间悲曲

凄楚的琵琶
总是夜半响起
就像孤魂在大漠里咽泣
朗朗乾坤
太平盛世
怎么还有这样——
凄凄楚楚的声音

这哪是琴声啊
这分明是人间的悲曲
你看
多少人没有了家园
朦胧的月光下
扶老携幼
流落街头
多少人挣扎在贫困线
像风一样的忙碌
手里却捧着窝窝头
菜里没有一滴油
你再看
多少人失去了自由
带着肉体的镣铐
上着心灵的枷锁
蜷缩在黑暗的地狱

多少人得到过民主
灵魂被绑架
人权被剥夺
只剩下一具无魂的躯壳

人间的悲情真是太多太多
无怪乎琵琶凄楚
如诉如哭

雾中的阳光

被迷雾包裹着的心境和世界是黯然的。当那扇天窗一旦打开，阳光四射，迷雾退去，从此便是另一个光明的世界。

敢问路在何方

颤栗在寒冷中的人
需要通向温暖的路
迷失在黑暗中的人
需要通向黎明的路
囹困在地狱里的人
需要通向天堂的路

我问过天，路在哪里
苍天告诉我
善于奋飞的人天上有路
我问过地，路在哪里
大地告诉我
敢于攀登的人山中有路
我问过海，路在哪里
大海告诉我
勇于远航的人海中有路

从冰雪到绿草
那是冬天走向春天的路
跌倒了爬起来
那是失败通向成功的路

受了伤，永不悲伤
脚下就有一条快乐的路

有了爱，永不离弃
脚下就有一条幸福的路
有方向，永不迷失
脚下就有一条光明的路
有信心，永不挫败
脚下就有一条希望的路
有勇气，永不被征服
脚下就有一条功成名就的路

路在哪里
路在心中
路在奋进与开拓中
用心去开拓——
路，就在自己奋进着的脚下

你告诉我

问壮丽的晨曦
春天在哪里
春天在冬的怀抱里
迎来了冬天
春天就不遥远

问峥嵘的山峰
青春在哪里
青春在这满山的绿色里
绿色的生命
谱写的就是青春的韵律

问山鹰的眼睛
朋友在哪里
朋友在真挚的友情里
你深陷困境向你伸出手的人
就是朋友

问南国的红豆
爱情在哪里
爱情在相互呵护的眼神里
你播下爱的种子
就能收获爱的果实

问喜笑的弥勒
快乐在哪里
快乐在能容万物的心智里
放去烦恼与忧伤
就找到了快乐

问南飞的大雁
温暖在哪里
温暖在心中的目标里
跋过雪山，跨过大海
就是温暖的家园

问奔腾的波涛
激情在哪里
激情在不停息的追逐里
不畏艰难，勇往直前
就能绽放出生命的激情

问济世的观音
脱离苦海的路在哪里
路在你的智慧里
人世间哪有铺好的路
足迹经过的地方就是路

问悠扬的笛声
幸福在哪里

幸福在欢乐的歌声里
敞开心扉，放开歌喉
就能开启幸福的河流

问大漠的孤烟
希望在哪里
希望在沙漠的绿洲里
找到了绿洲
就找到了生命的希望

茫茫宇宙、星海万物
希望总是在绝境处相逢
光明需要在黑暗中寻求
一切美好
都孕育在追寻生命的价值中

转身面对

留不住的是春光
最好把它绘在色板上
或用记忆珍藏

忘不了的是初恋
最好留给梦去回味
无需为它陶醉或伤悲

磨不灭的是皱纹
最好让它在脸额上休眠
无需与它争辩

挥不去的是忧伤
最好把它挪个地方
或存入银行

理不清的是迷茫
最好闭只眼去遥望
难得糊涂也是最好的伎俩

解不开的是恩怨
最好把它封存
别让它惹怒眼神

卸不下的是责任
最好自己去担当
不能抛给路人

世事有很多无奈
有打不开的门锁
有理不清的乱麻
只能换个方式去面对
向前迷无路
转身　便柳暗花明

坦然面对生活

不能只在梦中咀嚼人生的得失
一定要在现实中寻找
不能只用眼睛去看世界
在魔术师面前眼睛也会被欺骗
一定要用大脑去思考
不能用泪水去对待生活
泪水既流不成一条河
也冲不去、洗不尽忧愁

不要因为心是冷的
就把整个现实看成寒冷的北极
不论你哭还是笑
世界不会因此而改变态度
无论你痛苦还是快乐
人生不会因此停止脚步

坦然面对生活
既不要为得到的面包欢喜
也不必为打翻的牛奶哭泣
得之我幸
失之我命

绝不给命运跪下

为了拥抱遥远的那盏灯塔
扬鞭策马
与艰难险阻搏击拼杀
几番鏖战、付代价——
累累伤痕
窘迫飘零在天涯
凄雨寒风中，看
秋叶飘零，落日西下

男儿自当建功业
理应图强奋发
休惧血汗挥洒
就算再度折戟沉沙
又有什么悔恨与可怕

活在当下
信念不能垮
决不能给命运跪下
相信它会有转向的刹那
乾坤也许就在明天颠倒
一轮明月总会在头顶高挂

活着就要坚挺地站立着

失去灵魂就剩下一个空壳
守住灵魂
就算再瘦弱
也会有足够的份量

心房锁闭必然孤独
只因心的空间有限
装自己多了
就很难容下他人

没有追求就无比寂寞
因为生命没有了方向
去哪里都是在逃脱

人啊！不能把自我抛弃
也不必把自己当敌人来折磨
既然活着就要坚挺地站立着
站立着就要不息地奔跑
既然奔跑了
就要像箭一样，投向——
目标

画圆人生

人生就像一次旅行
沿途既有数不尽的坎坷
也有看不完的风景
既能享受阳光与快乐
又要面对黑暗与忧伤
会看到黄叶在秋风中飘落
春来又发嫩芽
会遇见松树流下痛楚的眼泪
凝结成美丽的琥珀
一切幸福都有过伤痛
一切欢乐都留下过泪痕

我们何不放下苦涩
刷去心上的尘
抚平体内的伤
烘干眼中的泪
搁浅虚幻的梦
珍惜好人生这次旅途
用手挽住飘逸的白云
用心捧起晶莹的雨滴
沐浴着如歌的长风
欣赏着大自然的风花雪月
吟颂着人生动听的蝶恋花
绕着人生的赤道
潇洒地旅行

点燃心中的火把

睁大眼睛
不如点燃心中的火把
因为在我们前行的路上
需要引路的灯塔
和驱走黑暗的火花

我出行在太阳西下
脚下的路结着冰凌而坑凹
光睁大眼睛是不行的呀
快快点燃心中的火把
把前行的路照亮
甚至把脚下的冰凌溶化
好让自己沿着希望出发

不离不弃

希望从未逃离过追随者的
——视线
何必为眼前暂时的黑暗
——沮丧

大海终身沉溺在
苦涩的 水中
但它从未停止过 制造
美的 浪花
每朵浪花起落后
尽管仍在 原地
可它仍然竭力地 奔腾
它之所以不断欲试着 向前
是因为心中有目标 海岸
就是它视线永远向着的
方向

用铁拳砸向仇恶

冤死的孤魂
你为什么哭得这样的悲伤
——孤寂而缠绵

快快锁住你的咽喉
别让这凄凉的哀泣
惊扰了无辜的大地
因为大地已安然睡去
快快擦干你的眼泪
别让眼泪沾湿了无辜的花蕊
因为花儿开得正美

我知道你有冤屈
才这样的悲伤
可哭怎能抚平你的痛
怎能昭雪你的冤和屈
还原你的从前

快快锁住你的喉
快快擦干你的泪
要么，紧握拳头
把一切仇恨从手指间挤走
脱俗，超凡——
去天国

去那洁净的地方，疗伤
安享来世的风光
要么，举起铁拳砸向仇恶
让冤死你的魔
——化为鬼
把他带进他该去的地方——地狱
成为你的奴隶

明天还需改写

不要让迷雾
把心灵遮住
这是否就是我们的追求
还要思索
还要觉悟

不要让绳索
把手脚捆住
我们还有很长的路要走
还要踏平海浪
还要拥抱太阳

不要让咽泣
把喉咙锁住
我们还有很多的话要说
还要呐喊
还要控诉

山的那边天空更晴朗
小河的尽头是宽广的海洋
历史能否在这里终结
明天还需去改写

只有等待

在苍穹的深处
迷醉着未曾觉醒的上帝
当那声惊天的春雷响起
苍穹颤栗
上帝觉醒
定叫日月换新天

在大海的深处
盘桓着旷世的蛟龙
当威猛的夏潮来临
蛟龙震怒
定叫四海翻腾

在大山的深处
沉睡着威武的雄狮
当肃杀的秋风吹过
雄狮立起，一声长啸
定叫五洲震荡

现在是深冬的季节
只有等待——
等待惊天的春雷
等待威猛的夏潮
等待肃杀的秋风

誓言

让逝去的时光留住
因为在这段时间里
珍藏着我童年的欢乐
还有晶莹缤纷的梦

让枯萎的时光返绿
因为在这段时间里
流淌着我青春的岁月
还有含苞待放的花蕾

让冷却的时光转暖
因为在这段时间里
我经历的严寒太多
需要阳光烤热凝固的心田

让沉睡的时光苏醒
因为我需要时间
抚平流血的伤痕
走完未曾走完的征程

让痛苦的时光欢笑
因为我不能沉迷
不能让泪珠把人生消磨
前面还有风景等着我

让逃跑的时光回首
因为我还要驾驭着它
飞上那浩瀚的九洲
摘下星星做枕头

峥嵘的是时光
苦难的是人生
不朽的是精神
我要用最强的音符倾诉
让丢失的随流星一起划走
让留下的像江河一样浩荡
让死去的随晚风一起漂去
让活着的像高山一样巍峨

使命高于一切

如果你是一只船
远航是你的使命
漂泊也就成了你的必然

如果你是一朵花
美化世界是你的使命
凋零也就成了你的归宿

如果你是一名战士
守护安宁是你的使命
牺牲也就成了你的命运

使命总是高于一切
失去的固然遗憾
得到的却无比珍贵

人人皆可为王者

谁都有自己的领地
人人皆可为王者
谁也不必自卑
谁也不要骄横

现在是多元的社会
失之东隅
收之桑榆
每个人都有成功
都可以享受高呼万岁式的——
崇敬
每个人都会收获尊严
在各自不同的王国里
享受到自己臣民的——
膜拜

希望

不幸与挫折
厄运与悲伤
还有彷徨和迷茫
是人生挥之不去的伴娘
它们时而肆无忌惮
时而猖獗疯狂
但只要希望开口
它们都会缄默

在人生的旅途上
无论遇到狂风还是暴雨
无论行走的是激流还是险滩
虽不能控制际遇
也无法改变现实
但必须对前面的风景抱有希望
水到山前必有路
绝境亦有逢生处
即便穷途，未必就是末路

人生就像一个被上帝
——咬了一口的苹果
总有遗憾和缺陷
无论怎样的无奈
都要给自己希望

希望是引爆生命潜能的火花
希望是激发生命激情的催化剂
只要希望在
生命就不会枯竭
有了希望
人生就不会黯然失色
一定生机勃勃

就让我们——
用希望面对不幸与厄运
用希望驱散彷徨和迷茫
用希望送走黑暗
用希望迎接明天的朝阳

有信心才能走出黑暗

从黑暗出发的人
迎接他的一定是黎明

在黑暗中
最可贵的是信心与勇气
最可怕的是缺失对光明的追寻

黑暗其实是一条时空隧道
如果你停在里不走
你永远也告别不了黑暗

只要你迈开脚步
哪怕这条隧道很长
也一定能抵达黑暗的出口

自今天起

自今天起——
不必为苦涩的昨天悲伤
昨天已经过去
过去的已无法改变
只有勇敢地
告别昨天

自今天起——
不必为苍茫的明天彷徨
明天的美好总是存在
永远在等待着
只有坚定信念
绝不放弃

自今天起——
必须振作精神
驱走心中的悲伤与绝望
复苏枯死的心田
寻找新生的阳光
坚定向前

走向明天

什么是明天
明天就是今天的尽头
今天的尽头就是明天

通向明天的路也许很长
可是，再长的路
也没有自己的脚长
既然选择了远方
就只顾风雨兼程

兼程的路上也许有高山
山再高
也没有人高
既然认定了目标
就只顾用劲攀援

攀援会有无穷的困难
困难再大
也没有人的心大
既然想远航明天
就虔诚地用心去实现

明天，是一个神圣的期待
不要再发什么誓言

从今天起步长征

只要你走

就一定能走出今天

今天的尽头就是明天——

一个崭新的世界

向前，向前，向前

春风融融撩人醉
我们没有理由还在残冬的出口
——徘徊
尽管眼前还飘荡着丝丝迷雾
可春的旨意告诉
寒流快过去，迷雾会散开

覆盖大地的残雪该退去了
还大地于生机
冻结的江河不再为昨天等候
要向前奔流
流浪的大雁应回到故土了
不再漂泊

深埋着的种子就要发芽
枯萎的树枝就该抽绿
凋谢的玫瑰就应吐蕾
我们的心灵应该随着春的颤动
——跳跃
我们的脚步应踏着春的旋律
——起航
扬起真理的旗帜
向前，向前，向前